Resignation

Friedrich Schiller

Eine Phantasie

Auch ich war in Arkadien geboren,
auch mir hat die Natur
an meiner Wiege Freude zugeschworen,
auch ich war in Arkadien geboren,
doch Tränen gab der kurze Lenz mir nur.

Des Lebens Mai blüht einmal und nicht wieder,
Mir hat er abgeblüht.
Der stille Gott – o weinet meine Brüder –
der stille Gott taucht meine Fakel nieder,
und die Erscheinung flieht.

Da steh ich schon auf deiner Schauerbrüke,
Ehrwürdge Geistermutter – Ewigkeit.
Empfange meinen Vollmachtbrief zum Glüke,
ich bring ihn unerbrochen dir zurücke,
mein Lauf ist aus. Ich weiß von keiner Seligkeit.

Vor deinem Tron erheb' ich meine Klage,
verhüllte Richterin.
Auf jenem Stern gieng eine frohe Sage,
Du tronest hier mit des Gerichtes Waage
und nennest dich Vergelterin.

Hier – spricht man – warten Schreken auf den Bösen,
und Freuden auf den Redlichen.

Des Herzens Krümmen werdest du entblößen,
Der Vorsicht Räzel werdest du mir lösen,
und Rechnung halten mit dem Leidenden.

Hier öfne sich die Heimat dem Verbannten,
hier endige des Dulders Dornenbahn.
Ein Götterkind, das sie mir *Wahrheit* nannten
Die meisten flohen, wenige nur kannten,
hielt meines Lebens raschen Zügel an.

„Ich zahle dir in einem andern Leben,
gib deine Jugend mir,
Nichts kann ich dir als diese Weisung geben."
Ich nahm die Weisung auf das andre Leben,
und meiner Jugend Freuden gab ich ihr.

„Gib mir das Weib, so theuer deinem Herzen,
gib deine Laura mir.
Jenseits der Gräber wuchern deine Schmerzen." –
Ich riß sie blutend aus dem wunden Herzen,
und weinte laut, und gab sie ihr.

„Du siehst die Zeit nach jenen Ufern fliegen,
die blühende Natur
bleibt hinter ihr – ein welker Leichnam – liegen.
Wenn Erd und Himmel trümmernd aus einander fliegen,

daran erkenne den erfüllten Schwur."

„„Die Schuldverschreibung lautet an die Todten,““
hohnlächelte die Welt,
„„Die Lügnerin, gedungen von Despoten
hat für die Wahrheit Schatten dir geboten,
du bist nicht mehr, wenn dieser Schein verfällt.““

Frech wizelte das Schlangenheer der Spötter:
„„Vor einem Wahn, den nur Verjährung weiht,
erzitterst du? Was sollen deine Götter,
des kranken Weltplans schlau erdachte Retter,
die Menschenwiz des Menschen Nothdurft leiht?““

„„Ein Gaukelspiel, ohnmächtigen Gewürmen
von mächtigen[1] gegönnt,
Schrekfeuer angestekt auf hohen Thürmen,
Die Phantasie des Träumers zu bestürmen,
wo des Gesezes Fakel dunkel brennt.““

„„Was heißt die Zukunft, die uns Gräber deken?
Die Ewigkeit, mit der du eitel prangst?
Ehrwürdig nur, weil schlaue Hüllen sie versteken,
der Riesenschatten unsrer eignen Schreken
im holen Spiegel der Gewissensangst;““

„„Ein Lügenbild lebendiger Gestalten,
die Mumie der Zeit
vom Balsamgeist der Hofnung in den kalten
Behausungen des Grabes hingehalten,
das nennt dein Fieberwahn – Unsterblichkeit?““

„„Für Hoffnungen – Verwesung straft sie Lügen –
gabst du *gewiße* Güter hin?
Sechstausend Jahre hat der Tod geschwiegen,
Kam je ein Leichnam aus der Gruft gestiegen
der Meldung that von der Vergelterin?““

Ich sah die Zeit nach deinen Ufern fliegen,
die blühende Natur
blieb hinter ihr, ein welker Leichnam, liegen,
Kein Todter kam aus seiner Gruft gestiegen,
und fest vertraut' ich auf den Götterschwur.

All meine Freuden hab ich dir geschlachtet,
jezt werf ich mich vor deinen Richtertron.
Der Menge Spott hab ich beherzt verachtet,
nur *deine* Güter hab ich groß geachtet,
Vergelterin, ich fodre meinen Lohn.

„Mit gleicher Liebe lieb ich meine Kinder,
rief unsichtbar ein Genius.

Zwei Blumen, rief er – hört es Menschenkinder –
Zwei Blumen blühen für den weisen Finder,
sie heißen *Hofnung* und *Genuß*.

„Wer dieser Blumen Eine brach, begehre
die andre Schwester nicht.
Genieße wer nicht glauben kann. Die Lehre
ist ewig wie die Welt. Wer glauben kann, entbehre.
Die Weltgeschichte ist das Weltgericht.

„Du hast *gehoft*, dein Lohn ist abgetragen,
dein *Glaube* war dein zugewognes Glük.
Du konntest deine Weisen fragen,
was man von der Minute ausgeschlagen
gibt keine Ewigkeit zurük.“